# 시간의 의미

# 시간의 의미

크빈트 부흐홀츠 | 염정용 옮김

모든 일에는 때가 있고

하늘 아래 일어나는 모든 것에는 때가 있습니다.

태어날 때가 있으면

모든 것을 내려놓고 죽을 때가 있지요.

무언가 심을 때가 있다면

마무리하고 거둬들여야 할 때가 있고요.

죽이는 것도 때가 있고

치유하는 것도 때가 있지요.

허물고 무너뜨릴 때가 있으며

다시금 세울 때도 있습니다.

하염없이 울 때가 있고

와그르르 웃을 때도 있답니다.

비탄에 잠길 때가 있는가 하면

함께 기뻐 춤출 때가 있지요.

돌을 던져 버려야 할 때가 있고

또 돌을 모아야 할 때가 있습니다.

사랑스레 품에 안을 때가 있고

그냥 내버려 둘 때도 있지요.

무언가를 찾는 때가 있으면

그냥 그렇게 잃어버릴 때도 있습니다.

열심히 모으고 간직할 때가 있는가 하면

다 던져 버리고 놓아 버릴 때가 있지요.

찢을 때가 있고

다시 모아 꿰맬 때가 있습니다.

말을 멈추고 잠잠할 때가 있고

또 말을 건넬 때도 있지요.

사랑할 때가 있고

미워하며 등 돌릴 때가 있습니다.

전쟁하듯 싸울 때가 있고

평화가 깃들 때도 있습니다.

**크빈트 부흐홀츠** 1957년 독일 슈톨베르크에서 태어났다. 뮌헨미술대학에서 예술사를 전공한 후 회화와 그래픽을 공부했다. 화가이자 일러스트레이터로 일하면서 자신만의 이야기를 써 내려가고 있다. 그림책『순간 수집가』로 볼로냐 국제아동도서전에서 '라가치 상'을 수상하며 그 작품성을 인정받았다. 주요 작품으로『책 그림책』『시간의 의미』 등이 있다.

**염정용** 서울대학교 독어교육과를 졸업하고 같은 학교 대학원에서 박사학위를 받았다. 독일 마부르크 대학에서 독문학을 공부했으며, 서울대 강사 등을 거쳐 현재 전문 번역가로 활동하고 있다. 옮긴 책으로는『홀로 맞는 죽음』『황태자의 첫사랑』『씁쓸한 초콜릿』『삶의 끝에서 나눈 대화』『새로운 대중의 탄생』『시간의 의미』 등이 있다.

# 시간의 의미

**펴낸날** 초판 1쇄 2021년 8월 20일
**지은이** 크빈트 부흐홀츠 | **옮긴이** 염정용 | **펴낸이** 신형건
**펴낸곳** (주)푸른책들 · **임프린트** 에프 | **등록** 제321-2008-00155호
**주소** 서울특별시 서초구 양재천로7길 16 푸르니빌딩 (우)06754
**전화** 02-581-0334~5 | **팩스** 02-582-0648
**이메일** prooni@prooni.com | **홈페이지** www.prooni.com
**인스타그램** @proonibook | **블로그** blog.naver.com/proonibook
ISBN 978-89-6170-832-6 03850

**ALLES HAT SEINE ZEIT** by Quint Buchholz
© 2020 Carl Hanser Verlag GmbH & Co. KG, München
Korean Translation © 2021 by Prooni Books, Inc.
All rights reserved.
The Korean language edition is published by arrangement with Carl Hanser Verlag GmbH & Co. KG through MOMO Agency, Seoul.
이 책의 한국어판 저작권은 모모 에이전시를 통한 Carl Hanser Verlag GmbH & Co. KG사와의 독점 계약으로 (주)푸른책들에 있습니다. 저작권법에 의해 한국 내에서 보호를 받는 저작물이므로 무단전재와 무단복제를 금합니다.

*잘못된 책은 구입한 곳에서 바꾸어 드립니다.

Fall in book, Fan of literature. 에프는 종이책의 새로운 가치를 생각하는 푸른책들의 임프린트입니다.
**에프 블로그** blog.naver.com/f_books